AF363807

TABLEAUX ANCIENS

DES ÉCOLES

Anglaise, Flamande, Française

ET HOLLANDAISE

Provenant des Collections de MM. R... et A...

COMMISSAIRE-PRISEUR

Mᵉ P. CHEVALLIER, 10, rue Grange-Batelière

EXPERT

M. G. SORTAIS, *peintre,* 4, rue Mogador

CATALOGUE

DE

TABLEAUX ANCIENS

des Écoles

ANGLAISE, FLAMANDE, FRANÇAISE ET HOLLANDAISE

Provenant des Collections de MM. R... et A...

ET DONT LA VENTE AURA LIEU

HOTEL DROUOT, SALLE N° 6

Le Vendredi 4 Mai 1900

à deux heures

Mᵉ Paul CHEVALLIER
COMMISSAIRE-PRISEUR
10, rue de la Grange-Batelière

M. Georges SORTAIS
PEINTRE-EXPERT
4, rue Mogador

EXPOSITION PUBLIQUE

Le Jeudi 3 Mai 1900, de 1 heure 1/2 à 5 heures 1/2

CONDITIONS DE LA VENTE

Elle sera faite au comptant.

Les acquéreurs payeront *cinq pour cent* en sus des prix d'adjudication.

L'exposition mettant le public à même de se rendre compte de l'état et de la nature des objets, aucune réclamation ne sera admise une fois l'adjudication prononcée.

Paris.—Imp. de l'Art, E. Moreau et C¹ᵉ, r. de la Victoire, 41

DÉSIGNATION

BALEN VAN (Henri)
et BREUGHEL DE VELOURS
Né à Anvers, 1632.

1 — *L'Abondance.*

Dans un site enchanteur, Vénus et Pomone entourées d'amours qui leur apportent des corbeilles de fruits et des couronnes de fleurs; à droite, Bacchus présente le vin pressé par des satyres.

Bois. Haut., 62 cent.; larg., 90 cent.

BASSAN (École du)

2 — *La Prédication.*

Cuivre. Haut., 32 cent.; larg., 40 cent.

BELLA DELLA

3 — *Chasseur et Chasseresse.*

Toile. Haut., 1 m. 10 cent.; larg., 61 cent.
Deux pendants.

BOUCHER (François) (D'après)

4 — *Le Tir à l'arc.*

Toile. Haut., 52 cent.; larg., 66 cent.
Copie ancienne.

BOUCHER (École de)

5 — *Diane surprenant des baigneuses.*

Toile. Haut., 62 cent.; larg., 82 cent.

BRAMER (Léonard)
Né à Delft, 1596.

6 — *La Délivrance de Saint Pierre.*

Tandis que des soldats sont endormis, un ange est descendu et exhorte saint Pierre à partir.

Haut., 44 cent.; larg., 65 cent.

BRASCASSAT (Attribué à Jacques-Raymond)

7 — *Boucs et chèvres.*

Haut., 36 cent.; larg., 26 cent.

8 — *Une Chèvre blanche.*

Haut., 32 cent.; larg.; 40 cent.

Études sur papier.
Signées au bas, à droite du monogramme.

CARAVAGE (Polydore de)

9 — *Le Martyre de Saint Laurent.*

Grisaille.

Toile. Haut., 35 cent.; larg., 62 cent.

CASANOVA (François-Joseph)
1727-1801

10 — *L'Attaque d'un convoi.*

Des voleurs ont attaqué un chariot, les voyageurs sont jetés à terre, pendant que les premiers se livrent au pillage. Vigoureuse peinture.

Toile. Haut., 58 cent.; larg., 78 cent.

CHARDIN (J.-B.-Siméon)

11 — *Portrait de l'artiste.*

Coiffé d'un bonnet blanc serré d'un ruban à raies bleues, il est vêtu d'une robe de chambre bleue, le cou enveloppé d'un foulard à raies roses et blanches.

Toile. Haut., 55 cent.; larg., 45 cent.

Ancienne collection Boittelle.)

CRAYER (Gaspard de)

12 — *Portrait d'homme.*

Presque de face, vers la droite, colleté de blanc et vêtu d'un pourpoint noir.

Bois. Haut., 77 cent.; larg., 54 cent.

(Ancienne collection Boittelle.)

CUYP (Albert) (Genre de)

13 — *Cavalier au pied d'une tour.*

Toile. Haut., 40 cent.; larg., 32 cent.

DEMARNE (Genre de)

14 — *Troupeau traversant une route pavée.*

Toile. Haut., 44 cent.; larg., 56 cent.

DETROY (Genre de)

15 — *L'Assomption.*

Toile. Haut., 1 m. 5 cent.; larg., 60 cent.

DIETRICK (Attribué à)

16 — *Un Pèlerin attablé se désaltérant.*

Bois. Haut., 14 cent.; larg., 13 cent.

DOW (École de Gérard)

17 — *La Cuisinière.*

Elle est debout, à une fenêtre et récure un chaudron. A droite, une poule pendue par une patte. A gauche, des pots en grès.

Bois. Haut., 29 cent.; larg., 13 cent.

ÉCOLE ANGLAISE

18 — *Portrait d'un Jeune Homme en habit rouge et gilet blanc.*

ÉCOLE ESPAGNOLE (xviie siècle)

19 — *Le Christ soutenu par un ange.*

Puissant morceau de peinture.

Haut., 30 cent.; larg., 24 cent.

ÉCOLE ESPAGNOLE (xviie siècle)

20 — *Saint Jérôme.*

Toile. Haut., 82 cent.; larg., 66 cent.

ÉCOLE ESPAGNOLE

21 — *Saint Jérôme.*

Peinture sur marbre.

Haut., 17 cent.; larg., 14 cent.

ÉCOLE ESPAGNOLE

22 — *Tête de Jeune Homme.*

Haut., 16 cent.; larg., 14 cent.

ÉCOLE HOLLANDAISE (xviie siècle)

23 — *Intérieur de cuisine.*

Toile. Haut., 34 cent.; larg., 40 cent.

ÉCOLE ITALIENNE (xviie siècle)

24 — *Latone.*

>> Toile. Haut., 78 cent.; larg., 1 m. 12 cent.

ÉCOLE ITALIENNE (xviiie siècle)

25 — *La Fortune.*

>> Toile. Haut., 65 cent.; larg., 55 cent.

ÉCOLE ROMAINE (xvie siècle)

26 — *Sainte Famille.*

>> Haut., 32 cent.; larg., 38 cent.

ÉCOLE SUISSE

27 — *Vénus et l'Amour.*

ÉCOLE SUISSE

28 — *Chiens du Saint-Bernard.*

ÉCOLE VÉNITIENNE (xviiie siècle)

29 — *Vénus endormie.*

>> A droite, aux pieds des grands arbres, Vénus se repose, le bras appuyé sur l'Amour endormi; un faune, aidé d'un amour, soulève le voile blanc qui la recouvrait; des amours voltigent enguirlandés de fleurs.

>> Toile. Haut., 66 cent.; larg., 34 cent.

ÉCOLE VÉNITIENNE (xviiie siècle)

30 — *Les Champions de l'Adultère.*

>> Deux pendants.

>> Toile. Haut., 50 cent.; larg., 54 cent.

EECKHOUT (Gerbrant Van den)
Né, à Amsterdam, 1621-1674.

31 — *Portrait d'un Guerrier.*

Il est représenté le corps de profil, vers la droite,
la tête tournée presque de face, inclinée légère-
ment sur l'épaule droite; il est coiffé d'une grande.
toque de velours noir piquée d'une plume bleue,
d'où s'échappe deux flots de cheveux bruns recou-
vrant ses oreilles ; il porte la moustache grise,
colleté d'une écharpe blanche à raies, supportée
d'une cuirasse; il s'appuie des deux mains sur une
canne.

Bonne peinture dans l'allure de Rembrandt.

Bois. Haut., 72 cent.; larg., 60 cent.

ETEX (Antoine), d'après Ingres.

32 — *Portrait d'Ingres.*

Signé et daté le long du cadre à gauche.

Toile. Haut., 34 cent.; larg., 44 cent.

(*Ancienne Collection Boittelle.*)

FLERS (Attribué à Camille)

33 — *Coucher de soleil sur une rivière.*

Toile. Haut., 42 cent.; larg., 60 cent.

FLORIS FRANZ
Né à Anvers, 1520-1570.

34 — *Les Vierges sages et les vierges folles.*

Belle et importante composition de ce maître.

Bois. Haut., 85 cent.; larg., 1 m. 20 cent.

FRAGONARD (École de Jean-Honoré)

35 — *Offrande à l'amour.*

Amant et Amante, la main dans la main, age-
nouillés; ils offrent des fleurs à l'amour vainqueur
en lui jurant fidélité.

Intéressante peinture d'une agréable tonalité
rappelant la manière de Schall.

Toile. Haut., 48 cent.; larg., 60 cent.

FRANCKEN (François) dit le Vieux
Né à Herenthals, 1544-1616.

36 — *Œuvres de Miséricorde.*

Au milieu d'un village, un riche seigneur, à
coiffe de velours et manteau de fourrure, fait une
ample distribution de pain et de secours à des
miséreux et infirmes.

Bois. Haut., 50 cent.; larg., 80 cent.

GELÉE (Claude) (Genre de)

37 — *Lever de soleil à l'entrée d'un port.*

Toile. Haut., 65 cent.; larg., 81 cent.

GREUZE (Jean-Baptiste)

38 — *Tête de vieillard de profil.*

A été gravé.

Toile. Haut., 44 cent.; larg., 38 cent.

HUYSMANS (Attribué à)

39 — *Pâtre conduisant son troupeau sur un che-
min encaissé.*

Toile. Haut., 60 cent.; larg., 84 cent.

HEEM (Corneille de)

40 — *Raisins noirs et blancs dans un plat d'étain,
des framboises dans un pot de Delft, œillet et
groseilles rouges posés sur une table.*

C. B. S.   Bois. Haut., 36 cent.; larg. 52 cent.

HEEM (Jean-David de)

Né à Utrecht, 1600-1674.

41 — *Nature morte.*

Pêches, raisins blancs et noirs dans une coupe
en or.

Bois. Haut., 38 cent.; larg., 52 cent.

HELST (B. Van Der) (Genre de)

42 — *Portrait de Femme.*

Haut., 80 cent.; larg., 60 cent.

HOBBEMA (Genre de Minderhout)

43 — *Paysage.*

Haut., 65 cent.; larg., 90 cent.

KOBELL (Attribué à)

44 — *La Sortie des bestiaux.*

Toile. Haut., 52 cent.; larg., 62 cent.

HOUEL

45 — *Paysanne conduisant des agneaux sur un
cheval bâté.*

Charmante peinture.

Bois ovale. Haut., 16 cent.; larg., 20 cent.

LANCRET (Nicolas) (Genre de)

46 — *Concert champêtre.*

Toile. Haut., 60 cent.; larg., 74 cent.

MEULEN (Van der)

47 — *Après la bataille; Prise d'une ville dans les Flandres.*

Deux pendants du goût de Martin.

Cuivre. Haut., 32 cent.; larg., 42 cent.

MIEL (Jean)

Né à Anvers, 1599-1664.

48 — *Le Carnaval à Rome.*

Dans la rue, des masques passent en voiture en haranguant une foule de déguisés qui chantent à tue-tête en jouant de divers instruments.

Toile. Haut., 19 cent.; larg., 77 cent.

MOUCHERON (Frédéric)

Né à Emsbden, 1633-1686 (?)

49 — *Combat de cavalerie.*

Sur un tertre échancré, planté d'arbres au feuillage léger et s'enlevant sur un ciel doré, une patrouille montée a surpris l'embuscade, des coups de feu s'échangent, un homme est tombé d'un coup de mousquet; plus loin, à droite, d'autres cavaliers s'enfoncent dans l'horizon masqué en partie par un château-fort.

Les personnages sont par Adrien Van de Velde.

Toile. Haut., 58 cent.; larg., 78 cent.

MURILLO (École de)

5o — *L'Éducation du Christ.*

51 — *La. Glorification du Christ.*

Deux pendants.

Toile. Haut., 51 cent.; larg., 35 cent.

NEER (École de Van der)

52 — *Pêcheurs levant leurs filets par un clair de lune.*

Bois. Haut., 37 cent.; larg., 55 cent.

NEER (Genre de Van der)

53 — *Levée de lune aux bords d'une rivière qui coule au pied d'un village.*

Bois. Haut., 68 cent., larg., 87 cent.

HOBBEMA (Genre de Minderhout)

54 — *Cavalier vêtu de rouge, suivant une route à la lisière d'un bois et non loin d'un village.*

Haut., 68 cent.; larg., 8o cent.

OSTADE (École de Van)

55 — *Dans l'intérieur d'une cuisine, un couple se tient enlacé debout au milieu des légumes et accessoires de cuisine ; au fond, des paysans jouent et fument.*

Bois. Haut., 32 cent ; larg., 46 cent.

POURBUS (École de Pierre)

56 — *Le Concert dans le parc.*

Au premier plan et au milieu d'une allée d'honneur, des dames et seigneurs se promènent au son d'un orchestre placé au centre de l'allée.

Bois cintré. Haut., 22 cent.; larg., 32 cent

PRUD'HON (D'après)

57 — *Nymphe et amours au bord d'un ruisseau.*

RAIBOLINI (Genre de FRANCIA)

58 — *Vierge, Enfant Jésus et saint Jean se détachant sur un fond de paysage.*

Bois. Haut., 31 cent.; larg., 25 cent.

REYNOLDS (Attribué à Sir JOSHUA)

59 — *Portrait d'un Jeune Homme.*

A perruque poudrée; vêtu d'un habit rouge et d'une chemise à jabot.

Toile. Haut., 75 cent.; larg., 59 cent.

RICARD (Genre de)

60 — *Portrait en buste de Lamennais.*

Cadre en bois sculpté.

Toile. Haut., 32 cent.; larg., 40 cent.

(Ancienne collection Boitelle.)

ROKES dit ZORG

61 — *La Partie de cartes.*

A l'extrême droite, dans un cellier, trois hommes attablés et jouant aux cartes.

Au milieu et s'étendant à gauche, une quantité de légumes, chaudrons et poteries entassés.

Bois. Haut., 55 cent.; larg., 75 cent.

RUBENS (Pierre-Paul) (?)

Né à Anvers, 1577-1640

62 — *Bénédiction d'un prince.*

Bois. Haut., 68 cent.; larg., 46 cent.

SARTE (École d'André del)

63 — *La Vierge, sainte Élisabeth, l'Enfant Jésus et Saint Jean.*

Bois. Haut., 92 cent.; larg., 70 cent.

STEEN (Genre de)

64 — *Rustre coiffant une ménagère endormie.*

Bois. Haut., 33 cent.; larg., 29 cent.

TENIERS (Genre de)

65 — *Buveurs attablés près d'un âtre ; au fond, une servante sur le pas de la porte.*

Bois. Haut., 50 cent.; larg., 35 cent.

TENIERS (École de David)

66 — *La Lecture au cabaret.*

Bois. Haut., 54 cent.; larg., 68 cent.

TENIERS (David le père) (Attribué à)

67 — *Vieillard coiffé d'un bonnet, vêtu d'un manteau de fourrures.*

68 — *Un Joueur de cornemuse.*

Deux pendants.

Bois. Haut., 18 cent.; larg., 13 cent.

TENIERS (David) (École de)

69 — *Le Concert.*

> Un vielleur, deux paysans et une vieille femme jouent et chantent autour d'une table.

> Toile. Haut., 26 cent.; larg., 22 cent.

TIÉPOLO (École de J.-B.)

70 — *Glorification de la Vierge.*

> Esquisse en grisaille.
> Panneau cintré.

TONY

71 — *Le Moulin à vent.*

> Bois. Haut., 47 cent.; larg., 35 cent.
> Signé et daté.

TROTTMAN

72 — *Incendies de village.*

> Deux pendants.
> Fine peinture dans le genre de Van der Poël.
> Signés du monogramme.

> Cuivre. Haut., 24 cent.; larg., 34 cent.

TOURNIÈRES (Attribué à)

73 — *Portrait de femme en corsage bleu décolleté.*

> Bois ovale. Haut., 22 cent.; larg., 17 cent.

VERKOLIE (Attribué à)

74 — *Portrait d'homme.*

75 — *Portrait de femme.*

> Deux pendants.

VERNET (École de Joseph)

76 — *Pêcheurs jetant leurs filets par une mer houleuse.*

Toile. Haut., 40 cent.; larg., 32 cent.

VINCELET (École de)

77 — *Bouquet d'anémones dans un vase posé sur un entablement.*

Bois. Haut., 37 cent.; larg., 30 cent.

WATTEAU DE LILLE (Louis-Joseph)

78 — *Le Colin-Maillard.*

Près d'un parc, au pied d'un grand arbre, un jeune galant bande les yeux d'une jeune femme costumée de rose; derrière, à droite, Pierrot tient Colombine enlacée; à l'arrière-plan, deux femmes se dirigent vers la scène.

Peinture décorative d'une charmante tonalité.

Toile. Haut.; 73 cent.; larg., 64 cent.

WEENEPSE (Attribué à Jean)

79 — *Dispute de chiens.*

Toile. Haut., 83 cent.; larg., 1 m. 20 cent.

WOUVERMANS (Pierre)

Né à Haarlem, 1623-1683.

80 — *Retour de chasse.*

A l'entrée d'un château, des cavaliers ont mis pied à terre et offrent à la châtelaine le produit de leur chasse; un valet aide une amazone à descendre de sa monture; valets, piqueurs et chiens se reposent au pied d'une fontaine; au loin, un paysage s'étend.

Signé du monogramme à droite.

Bois. Haut., 47 cent.; larg., 1 m. 64 cent.

www.ingramcontent.com/pod-product-compliance
Lightning Source LLC
LaVergne TN
LVHW011456170726
843501LV00009B/3458